Analyse de l'œuvre

Par Mélanie Kuta et Johanna Biehler

Roméo et Juliette

de William Shakespeare

Rendez-vous sur lepetitlitteraire.fr et découvrez :

Plus de 1200 analyses
Claires et synthétiques
Téléchargeables en 30 secondes
À imprimer chez soi

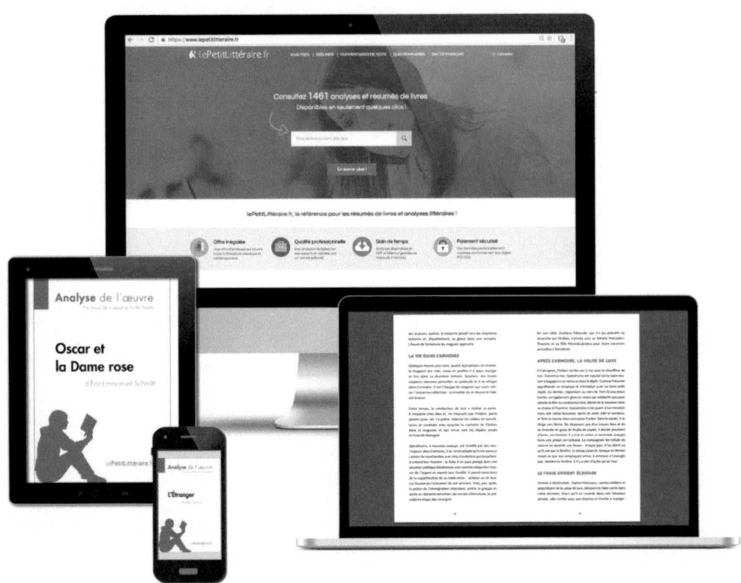

WILLIAM SHAKESPEARE

POÈTE ET DRAMATURGE ANGLAIS

- **Né en 1564 à Stratford-upon-Avon (Angleterre)**
- **Décédé en 1616 dans la même ville**
- **Quelques-unes de ses œuvres :**
    - *Le Songe d'une nuit d'été* (1592-1595), comédie
    - *Richard III* (1592-1595), pièce historique
    - *Hamlet* (1595-1600), tragédie

Poète et dramaturge, figure éminente de la littérature anglaise et en particulier du théâtre élisabéthain (du nom de la reine Élisabeth Ire, 1558-1603), William Shakespeare est né en 1564. Des doutes ont parfois plané sur son existence historique, qui semble désormais avérée même si certaines périodes de sa vie restent méconnues.

Il a écrit 37 pièces, que l'on classe généralement en quatre catégories : les pièces historiques comme *Richard III*, les comédies comme *Le Songe d'une nuit d'été*, les grandes tragédies telles *Hamlet* et enfin les dernières pièces parmi lesquelles on retrouve *La Tempête*. Dans les années 1600, la troupe de cet acteur et écrivain, considérée comme l'une des meilleures de Londres, devient résidente du théâtre du Globe. William Shakespeare meurt en 1616.

ROMÉO ET JULIETTE

UNE HISTOIRE D'AMOUR DEVENUE MYTHIQUE

- **Genre :** pièce de théâtre (tragédie)
- **Édition de référence :** *Roméo et Juliette*, traduit de l'anglais par François-Victor Hugo, Paris, Gallimard, coll. « La bibliothèque Gallimard », 2001, 259 p.
- **1re édition :** 1597
- **Thématiques :** haine, amour, destin, interdit, poison

À mi-chemin entre la tragédie et la comédie, *Roméo et Juliette* est l'histoire d'amour la plus célèbre de la littérature anglaise. Écrite entre 1594 et 1595, et publiée pour la première fois en 1597, cette pièce de théâtre en cinq actes raconte le destin tragique de deux jeunes amants dont les familles respectives, les Montague et les Capulet, se haïssent depuis toujours.

La structure de la pièce est simple, il n'y a pas de sous-intrigues. L'histoire, répartie sur quatre jours, se déroule au mois de juillet à Vérone et à Mantoue, deux villes du Nord de l'Italie, au début du XIVe siècle.

RÉSUMÉ

PROLOGUE

Le chœur introduit l'histoire tragique de deux familles nobles de Vérone.

ACTE I

Scène I

Une rixe éclate entre des valets de deux clans ennemis. Benvolio, neveu de Montague, et Tybalt, neveu de Capulet, tentent de les séparer, mais ils se battent à leur tour. Les chefs des deux maisons et leurs femmes arrivent. Le prince de Vérone, Escalus, intervient et les menace de mort s'ils troublent à nouveau la tranquillité de la ville. Tous se séparent, tandis que Benvolio reste à discuter avec Montague et sa femme de l'état mélancolique de leur fils, Roméo. Celui-ci apparait et confie à Benvolio son désespoir face à l'amour qu'il porte à Rosaline, une jeune fille qui a fait vœu de chasteté.

Scène II

Capulet discute avec Pâris, un jeune seigneur qui désire épouser sa fille, Juliette. Capulet le convie à une fête qu'il donne le soir même, au cours de laquelle Pâris aura la chance de courtiser Juliette. Il remet la liste des invités à son valet. Celui-ci, illettré, s'adresse à Roméo et Benvolio, qui déchiffrent la liste à sa place. Le valet les invite à la fête.

Scène III

Dans la maison de Capulet, Lady Capulet, accompagnée de la nourrice, demande à Juliette ce qu'elle pense du mariage. Celle-ci répond qu'elle n'y a pas encore songé. Sa mère lui demande de considérer la proposition de Pâris.

Scène IV

Roméo, Mercutio et Benvolio, masqués, arrivent à la fête. Roméo leur confie qu'il a rêvé qu'aller à cette fête était une mauvaise idée et qu'une catastrophe allait s'y produire.

Scène V

Capulet accueille ses convives. Roméo, ébahi par la beauté de Juliette, oublie aussitôt Rosaline. Tybalt reconnait la voix de Roméo et veut le tuer. Capulet lui ordonne d'éviter tout esclandre. Tybalt jure de se venger. Roméo approche Juliette, ils discutent et s'embrassent. Il apprend un peu plus tard que Juliette est une Capulet. Dévasté, il quitte la fête. Juliette découvre également avec désespoir l'identité de Roméo.

ACTE II

Prologue

Le chœur décrit l'amour naissant entre Roméo et Juliette et leur difficulté, due à la haine qui oppose leur famille, à se revoir.

Scène I

Roméo escalade le mur du jardin de Capulet. Benvolio et Mercutio partent à sa recherche, sans succès.

Scène II

Juliette apparait à une fenêtre et, ignorant la présence de Roméo, s'interroge à son sujet. À sa grande surprise, Roméo lui répond. Ils s'avouent mutuellement leur amour.

Scène III

Roméo se rend chez frère Laurent et lui confie qu'il aime Juliette et qu'il veut l'épouser. Laurent accepte de les marier, espérant ainsi réconcilier les deux familles.

Scène IV

Roméo rejoint Benvolio et Mercutio, et explique sa disparition de la veille. La nourrice apparait alors et demande à parler à Roméo. Le mariage est fixé à l'après-midi même.

Scène V

Dans le jardin, Juliette attend impatiemment des nouvelles de sa nourrice. Celle-ci arrive et la presse d'aller se confesser.

Scène VI

Juliette rejoint Roméo et Laurent. Celui-ci les marie.

ACTE III

Scène I

Une bagarre éclate entre des Montague et des Capulet. Tybalt provoque Roméo, mais celui-ci refuse de se battre. Mercutio attaque Tybalt et meurt poignardé. Roméo venge alors son ami et tue Tybalt. Benvolio lui conseille de fuir pour éviter la condamnation à mort. Le prince arrive et bannit Roméo de Vérone.

Scène II

Juliette, dans le jardin, attend Roméo. La nourrice lui annonce la mort de Tybalt et l'exil de son bienaimé.

Scène III

Frère Laurent apprend à Roméo sa sentence. Celui-ci part faire ses adieux à Juliette avant de quitter Vérone pour Mantoue. Il y demeurera jusqu'à ce que Laurent révèle leur mariage.

Scène IV

Capulet offre la main de sa fille à Pâris et fixe la date du mariage au jeudi suivant.

Scène V

Peu avant l'aube, Roméo s'apprête à quitter la chambre de Juliette. Le couple s'embrasse, et Roméo s'échappe par la fenêtre. Lady Capulet entre et annonce à sa fille son mariage futur avec Pâris. Juliette refuse. Apprenant la décision de sa fille, Capulet menace de la déshonorer. Juliette demande pitié à sa mère, qui refuse de l'aider. La nourrice lui conseille également d'épouser Pâris. Trahie, Juliette fait semblant d'accepter sa destinée et va se confesser auprès du frère Laurent.

ACTE IV

Scène I

Laurent discute avec Pâris de son union imminente avec Juliette. Celle-ci arrive et demande conseil au prêtre après le départ de Pâris. Il lui donne une fiole qu'elle devra boire et qui lui donnera l'apparence de la mort pendant 42 heures. À son réveil, Roméo, alerté par Laurent, l'emmènera avec lui à Mantoue.

Scène II

Juliette annonce à ses parents qu'elle épousera Pâris. Le mariage est alors avancé au lendemain matin.

Scène III

Juliette demande à rester seule dans sa chambre pour la nuit. Malgré de nombreux doutes, elle boit la potion.

Scène IV

Capulet, resté éveillé toute la nuit pour achever les préparatifs, envoie la nourrice réveiller Juliette.

Scène v

La nourrice trouve Juliette allongée sur son lit sans vie. Tous pleurent sa mort. Laurent les presse de préparer son enterrement.

ACTE V

Scène i

Dans les rues de Mantoue, Roméo rencontre son page, Balthazar, qui lui annonce la mort de sa bienaimée. Sous le choc, Roméo décide de passer la nuit à ses côtés. En chemin, il s'arrête chez un apothicaire et achète du poison.

Scène ii

Frère Laurent apprend que frère Jean, à qui il a confié une lettre adressée à Roméo pour lui raconter la ruse qu'il a préparée avec Juliette, n'a pas pu quitter la ville à cause d'une épidémie de peste. Laurent part alors sauver Juliette.

Scène iii

Alors qu'il dépose des fleurs sur la tombe de Juliette, Pâris entend du bruit et se cache. Roméo arrive avec Balthazar, à qui il confie une lettre à l'attention de son père. Roméo ouvre le tombeau où git Juliette. Pâris reconnait Roméo, qu'il juge coupable du décès de Juliette, inconsolable depuis la mort de Tybalt. Il tente de l'arrêter, mais Roméo le tue. Embrassant une dernière fois Juliette, il boit le poison. À son réveil, Juliette découvre son amant gisant près d'elle et l'embrasse dans l'espoir qu'il reste du poison sur ses lèvres.

Entendant des gardes approcher, elle saisit le poignard de Roméo et se donne la mort. Les gardes arrêtent Balthazar et frère Laurent. Les Capulet, les Montague et le prince arrivent. Montague annonce que sa femme est morte de chagrin la nuit précédente. Le prince interroge Laurent, qui raconte l'histoire tragique de Roméo et Juliette. La lettre de Roméo adressée à son père confirme le récit. Au pied des corps inertes de leurs enfants, Capulet et Montague se réconcilient.

ÉTUDE DES PERSONNAGES

ROMÉO

Fils unique de Montague et de Lady Montague, Roméo a moins de 20 ans. C'est un jeune homme idéaliste et imprévisible. D'humeur changeante, il peut avoir un comportement extrême, ce qui le conduira à sa perte. Il est apprécié et respecté à Vérone. Bien que sa famille soit en conflit permanent avec les Capulet, il n'est pas violent. Il est uniquement intéressé par l'amour et est, avant tout, amoureux du concept même de l'amour. Ses sentiments murissent au fil du récit. D'abord épris de Rosaline, il l'oublie dès l'instant où il aperçoit Juliette, avec qui il vivra une intense passion qui lui sera fatale. C'est également un ami fidèle qui n'hésite pas à tuer Tybalt pour venger la mort de Mercutio. N'ayant pas été mis au courant de la mort simulée de sa bienaimée, il se tue en avalant un poison.

JULIETTE

Fille unique de Capulet et de Lady Capulet, Juliette a moins de 14 ans. Bien qu'elle ne connaisse que peu de choses à l'amour, elle tombe instantanément amoureuse de Roméo, à qui elle confie sa vie sans réserve. Jeune fille docile et tendre, elle quitte rarement sa maison et passe beaucoup de temps dans le jardin, symbole de sa solitude. Son unique amie est sa nourrice, qu'elle n'hésite pas à repousser lorsque celle-ci s'oppose à Roméo. Le personnage de Juliette murit au fil du récit. D'une jeune fille naïve et surprotégée, elle se transforme en une femme déterminée et sure d'elle. Là où

Roméo agit de manière impulsive, Juliette est plus pragmatique : elle réfléchit à la situation et à l'aspect pratique des choses. Déterminée à ne pas épouser Pâris, elle se rend chez le frère Laurent qui lui donne une potion qui lui donnera l'aspect d'une morte. À son réveil, elle trouve son Roméo mort couché près d'elle. De désespoir, elle se tue.

MERCUTIO

Parent du prince, Mercutio est un ami proche de Roméo. Jovial et effronté, il aime jouer avec la langue, et son discours est parsemé de jeux de mots et de doubles sens. Il ne partage pas la vision romantique de l'amour de Roméo et le pousse à considérer l'amour comme le simple assouvissement de désirs sexuels. Tué par Tybalt lors d'une rixe, c'est le seul personnage de la pièce qui ne pense pas que sa mort soit l'œuvre du destin. En mourant, il accuse les Capulet et les Montague d'être les responsables de sa triste fin.

LA NOURRICE

Mère de substitution de Juliette, la nourrice est très bavarde et fait souvent des remarques comiques, voire déplacées. Fidèle confidente, elle joue les intermédiaires entre Juliette et Roméo. Elle a une vision de l'amour opposée à celle de Juliette : alors que la jeune fille est idéaliste, la nourrice est plus terre-à-terre, et considère que n'importe quel homme riche et beau est un bon parti. C'est pourquoi elle finit par enjoindre à sa protégée d'épouser Pâris.

FRÈRE LAURENT

Moine franciscain, frère Laurent est un homme modéré et sensé, qui voit en l'union de Roméo et Juliette la réconciliation possible des deux familles ennemies et le retour de la paix à Vérone. Il connait bien la botanique et concocte la potion qui permettra à Juliette de se faire passer pour morte. Bien que les divers plans qu'il échafaude partent d'un bon sentiment, ils provoqueront néanmoins la fin tragique des amants. À la découverte de leur cadavre, il est arrêté.

TYBALT

Neveu de Lady Capulet et cousin de Juliette, Tybalt est l'incarnation vivante de la haine entre les Capulet et les Montague. Violent et constamment en colère, il ne cesse de chercher la bagarre. Il est finalement tué par Roméo qui souhaitait venger son ami.

BENVOLIO

Neveu de Montague, Benvolio est un ami fidèle de Roméo. À l'opposé de Tybalt, c'est un être pacifique qui tente d'éviter tout conflit.

LES MONTAGUE

Mari de Lady Montague et père de Roméo, Montague est le chef du clan Montague.

Femme de Montague et mère de Roméo, Lady Montague s'inquiète beaucoup pour son fils et meurt de chagrin lorsque celui-ci est banni de Vérone.

LES CAPULET

Mari de Lady Capulet et père de Juliette, Capulet est un homme respecté qui s'emporte facilement. En père aimant, il pense savoir où se situe le meilleur intérêt de sa fille.

Femme de Capulet et mère de Juliette, Lady Capulet ne l'a pas élevée et ne la connait que très peu. Elle est incompétente et fait appel à la nourrice dès qu'elle désire s'adresser à sa fille.

PÂRIS

Jeune seigneur, Pâris est, selon Capulet, le meilleur époux que Juliette puisse obtenir. C'est un homme convenable qui courtise Juliette dans les règles (il la rencontre dans des endroits publics, demande sa main à son père, etc.). Mais c'est également un homme insipide, qui ne fait pas vraiment attention à Juliette, au point d'ignorer la raison de son chagrin. Il meurt, tué par Roméo, alors qu'il était venu se recueillir sur la tombe de sa promise.

PRINCE ESCALUS

Prince de Vérone, Escalus tente de maintenir la paix dans la ville et intervient dès qu'une bataille éclate.

FRÈRE JEAN

Moine franciscain, frère Jean est chargé de transmettre la

lettre de frère Laurent à Roméo. Il n'y parvient pas, ce qui précipite la fin des deux amants.

ROSALINE

Rosaline est la jeune femme dont Roméo est éperdument amoureux au début du récit. Elle n'apparait jamais sur scène.

CLÉS DE LECTURE

LE THÉÂTRE ÉLISABÉTHAIN

Cette nouvelle forme de théâtre nait en Angleterre au début du règne d'Élisabeth Ire. Elle s'étend de la seconde moitié du XVIe siècle à la première moitié du XVIIe, époque à laquelle les représentations théâtrales sont interdites par le Parlement.

Dès 1560, le théâtre anglais connait une série de bouleversements. Avant cette date, le théâtre en tant que lieu n'existait pas. Les pièces, à caractère religieux, se jouaient sur les places, dans les écoles, etc. Être acteur ne constituait donc pas une véritable profession.

Malgré les réticences de l'Église, des troupes d'acteurs professionnels se forment. Les premiers dramaturges anglais apparaissent dans les années 1580. John Lyly (1554-1606), Christopher Marlowe (1564-1593) et Thomas Kyd (1558-1594) rédigent des pièces d'un genre nouveau, écrites à l'intention des théâtres professionnels, ce qui constitue un autre changement important. En 1567, le tout premier théâtre anglais, The Red Lion, est créé. D'autres suivent, tel le Globe (1596), où la troupe de Shakespeare résidera.

Au niveau architectural, les théâtres ont une forme circulaire et se divisent en plusieurs espaces scéniques :

- la cour intérieure, où se trouvent les spectateurs, est à ciel ouvert ;
- une scène rectangulaire s'avance dans cette cour, ce qui

rapproche fortement le public des acteurs ;
- de chaque côté de la scène se trouvent deux pièces an-
  nexes, où se déroulent les scènes de second plan, ainsi
  qu'un balcon.

Ces théâtres publics peuvent accueillir près de trois-mille spectateurs.

C'est dans ce contexte que Shakespeare arrive à Londres et commence à écrire. Mais les puritains, considérant l'activité théâtrale comme immorale, font fermer les théâtres à plusieurs reprises.

Les pièces de théâtre élisabéthaines sont jouées en continu, sans aucune pause entre les scènes (celles-ci seront ajoutées par les éditeurs dans les pièces de Shakespeare au xviiie siècle). Il y a également peu de décors et de jeux de lumière ; c'est pourquoi les personnages indiquent souvent à quel endroit ils se rendent (« Je vais de ce pas à la cellule de mon père spirituel [...] », acte II, scène ii) et à quel moment de la journée (« Bonne matinée, cousin ! [...] Neuf heures viennent de sonner », acte I, scène i).

LES SOURCES DE L'ŒUVRE

L'histoire des amants de Vérone n'est pas une création originale de Shakespeare, l'auteur ayant pour habitude de s'inspirer d'œuvres déjà existantes.

Vers 1530, Luigi da Porto (auteur italien, 1485-1530) publie une *Histoire nouvellement retrouvée des deux nobles amants*, qui reprend elle-même les éléments d'un texte plus ancien, les *Cinquante nouvelles* de Masuccio Salernitano (auteur italien, 1410-1475). C'est da Porto qui imagine l'enchainement des évènements qui mèneront les deux amants à leur fin tragique : leur rencontre durant un bal, leurs retrouvailles sous le balcon, l'exil à Mantoue, le refus de Giulietta de se marier avec le comte, le poison du frère, la double mort finale qui amène les deux familles rivales à se réconcilier. De plus, les personnages portent des noms qui seront repris dans la pièce de Shakespeare :

- les deux amants, personnages centraux, se prénomment Romeo et Giuletta ;
- les deux familles s'appellent Montecchi et Capelletti ;
- on retrouve également Marcuccio, Thebaldo et le frère Lorenzo.

La version de da Porto ne cessera d'être adaptée. En 1554, Matteo Bandello (évêque et auteur italien, 1480-1561) publie à son tour un recueil de nouvelles dans lequel il intègre de nouveaux personnages (la nourrice, le confident de Roméo qui deviendra Benvolio chez Shakespeare) et donne au prétendant de Juliette le nom de Pâris. C'est lui qui fait de Roméo un jeune homme mélancolique, un trait de caractère que Shakespeare accentuera par la suite.

Pierre Boaistuau (traducteur français, 1517-1566) traduit en français l'œuvre de Bandello en 1559 sous le titre *Histoires tragiques*. Son texte tient plus de l'adaptation que de la simple traduction : il ajoute des épisodes inédits comme la condamnation de frère Laurent à la pendaison, l'exil de la nourrice, l'absence de retrouvailles finales entre les amants.

Cette dernière version arrive en Angleterre grâce à deux traductions : celle de William Painter (traducteur et auteur anglais, 1540-1595) publiée sous le titre *Le Palais du plaisir* en 1567 et surtout celle d'Arthur Brooke (poète anglais, mort en 1563) intitulée *Histoire tragique de Romeus et Juliette*. Ce long poème de plus de trois-mille vers sera la version de référence de William Shakespeare.

L'UNION DES CONTRAIRES

Le titre anglais de la pièce, *The Tragedy of Romeo and Juliet*, est plus explicite quant au genre de celle-ci : il s'agit de toute évidence d'une tragédie. Dans son livre consacré à Shakespeare, Henri Suhamy en rappelle les caractéristiques : il s'agit d'une « représentation théâtrale d'une histoire se terminant sur un échec, une chute, une ou plusieurs morts, concernant des personnages d'un statut élevé, écrite dans un style élaboré, visant au sublime ». Le prologue de la pièce semble confirmer cette définition. Le spectateur y apprend que deux enfants issus de clans rivaux de Vérone vont vivre une histoire d'amour et en mourir ; leur « fatal amour » mettra fin à cette guérilla. En faisant du chœur l'annonciateur de l'issue des deux amants, Shakespeare met en place une ironie tragique : le spectateur sait dès l'ouverture que la pièce finira de façon funeste pour les jeunes gens. Malgré tout, Shakespeare mêle à celle-ci certains traits comiques. À la suite du prologue, la première scène présente en effet deux valets dont les propos paillards font oublier le côté tragique de la pièce. Cette irruption de la comédie dans la tragédie est présente tout au long de l'intrigue grâce, notamment, au personnage de la nourrice, avec son parler populaire et ses sous-entendus. Dans la scène iv de l'acte II, elle ne cache guère les intentions du comte vis-à-vis de Juliette : « Oh ! il y a en ville un grand seigneur, un certain Pâris, qui voudrait bien tâter du morceau ; mais elle, la bonne âme, elle aimerait autant voir un crapaud, que de le voir, lui. » Le comique est présent dans cette pièce à travers les personnages subalternes comme la nourrice ou les valets, les jeux de mots et autres joutes verbales ainsi qu'au travers des allusions sexuelles.

Ainsi, Shakespeare crée une « unité des contraires » (Venet G., « Notice », in *William Shakespeare. Tragédies*, tome I) en employant des procédés dignes de la comédie au sein d'une tragédie, en basant toute sa pièce sur des éléments opposés ou sur une dualité. La langue participe à ce projet par des références marquées au jour et à la nuit, à l'ombre et à la lumière. Dans la célèbre scène du balcon (acte II, scène II), par exemple, les deux amants se retrouvent enfin seuls à la faveur de la nuit. Juliette apparait à la fenêtre comme le soleil et éclipse la lune. Quant à Roméo, il dispose du « manteau de la nuit » pour se protéger.

Tout au long de la pièce, Shakespeare ne cesse d'ironiser sur la situation du couple : ces deux jeunes gens tombent amoureux l'un de l'autre ; ils parviennent à se marier, et c'est précisément leur allié, frère Laurent, qui leur fournira l'instrument qui provoquera leur perte. La dramaturgie de la pièce ne cesse d'exploiter les oxymores (« Ô lourde légèreté ! vanité sérieuse ! Informe chaos de ravissantes visions ! Plum de plomb, lumineuse fumée, feu glacé, santé maladive ! [...] », scène I, acte I) et l'ironie, ce qui contribue à créer une richesse scénique et textuelle.

L'AMOUR ET LA HAINE

L'amour et la haine sont les thèmes principaux de la pièce. Ces sentiments passionnels, par leur caractère extrême, sont très violents et mèneront à la mort de nombreux protagonistes.

La haine est constante. On ignore la raison pour laquelle les Capulet et les Montague se haïssent. Le spectateur n'est donc pas enclin à prendre parti. C'est à cause de cette haine que l'amour entre Roméo et Juliette est impossible. Ni l'État (prince Escalus) ni la religion (frère Laurent) ne parviennent à y mettre fin. C'est la mort de Roméo et Juliette et la honte que leurs parents éprouveront face au conflit ridicule qui les oppose et qui a mené leurs enfants dans la tombe qui réconcilieront les deux clans.

L'amour est violent. C'est une force irrésistible qui détrône toutes les autres valeurs et émotions présentes dans la pièce. Les deux jeunes amants sont prêts à renier, au nom de leur amour, leur famille (« Appelle-moi seulement ton amour, et je reçois un nouveau baptême : désormais je ne suis plus Roméo », dit ce dernier dans la scène II de l'acte II), leurs amis (Juliette, trahie par sa nourrice dit à la scène V de l'acte II : « Va-t'en, conseillère, entre toi et mon cœur il y a désormais rupture ») et même l'autorité qui les gouverne (Roméo vient rendre visite à Juliette alors qu'il est banni de Vérone). L'amour dans la pièce est un sentiment puissant, brutal, à l'opposé de la poésie romantique que lit Roméo au début du récit lorsqu'il est encore amoureux de Rosaline.

Aussi l'amour qui nait entre les deux jeunes gens est-il directement lié à la violence. Lorsqu'ils se rencontrent lors de la fête donnée par Capulet, Tybalt remarque la présence de Roméo et jure de le tuer (acte I, scène v).

Il est important de noter que la pièce se termine par la réconciliation des deux familles, qui fait triompher l'amour, et non par la mort de Roméo et Juliette, qui aurait fait triompher la haine.

LE DESTIN

Le destin est très présent dans *Roméo et Juliette* : il contrôle l'avenir des personnages.

Dans le prologue, le chœur annonce que le « fatal amour » entre Roméo et Juliette est né « sous des étoiles contraires ». Le spectateur apprend donc, dès le début de la pièce, que les amants sont condamnés. Cette fin tragique est mentionnée à de nombreuses reprises dans la pièce, et les protagonistes la présagent :

- avant de se rendre à la fête où il rencontrera Juliette, Roméo déclare : « Mon âme pressent qu'une amère catastrophe, encore suspendue à mon étoile, aura pour date funeste cette nuit de fête, et terminera la méprisable existence contenue dans mon sein par le coup sinistre d'une mort prématurée. » (acte I, scène v) ;
- avant même de connaitre l'identité de Roméo, Juliette déclare : « S'il est marié, mon cercueil pourrait bien être mon lit nuptial. » (*ibid.*)

Cependant, tout au long du récit, Roméo et Juliette tentent d'aller à l'encontre de leur destinée, en vain :

- lorsqu'il apprend la soi-disant mort de Juliette, Roméo crie : « Eh bien, astres, je vous défie ! » (acte V, scène I), et tente de s'opposer à son destin en achetant du poison, un acte qui les poussera au suicide ;
- Roméo se rend compte, à plusieurs reprises, qu'il ne peut quitter la route tracée par son destin. Alors qu'il vient de tuer Tybalt, il s'écrie : « Oh ! je suis le bouffon de la fortune ! » (acte III, scène I)

Le destin se manifeste par une série de coïncidences et d'accidents malheureux, et sème d'embuches le chemin des amants :

- malgré le plan très élaboré de frère Laurent, frère Jean ne parvient pas à donner à Roméo la lettre contenant toutes les explications : « Malheureux événement ! Par notre confrérie, ce n'est pas une lettre insignifiante, c'était un message d'une haute importance, et ce retard peut produire de grands malheurs » (acte V, scène II) ;
- Juliette se réveille exactement au moment où Roméo succombe au poison : « Ô frère charitable, où est mon seigneur ? Je me rappelle bien en quel lieu je dois être : m'y voici… Mais où est Roméo ? » (acte V, scène III)

Cette notion de destin est très fréquemment employée dans les tragédies médiévales. Dans les pièces plus tardives de Shakespeare, la ruine et la mort des protagonistes ne seront plus l'œuvre du destin, ce sont les personnages eux-mêmes, par leurs choix et leurs actes, qui contribueront à leur perte.

C'est notamment le cas dans *Othello* (1604) et dans *Le Roi Lear* (vers 1606).

Roméo et Juliette est le premier grand succès de William Shakespeare et sera représenté sans interruption (à l'exception de la période puritaine) jusqu'à nos jours. Pour Ben Jonson (dramaturge élisabéthain, 1572-1637) ou Coleridge (intellectuel anglais, 1772-1834), il s'agit d'une des plus belles pièces de l'auteur, qui sera sans cesse réécrite et adaptée. « Ce beau conte d'amour et de mort » (l'expression est de Denis Rougemont) est devenu le symbole de la passion adolescente et reste l'une des pièces de William Shakespeare les plus représentées.

PISTES DE RÉFLEXION

QUELQUES QUESTIONS POUR APPROFONDIR SA RÉFLEXION...

- Dans la pièce, le jardin a une importance symbolique très forte. Citez d'autres jardins célèbres et expliquez leur place dans le récit.
- « L'enfer, c'est les autres », a déclaré Jean-Paul Sartre (écrivain et philosophe français, 1905-1980). Commentez cette citation en tenant compte de l'intrigue et des personnages de *Roméo et Juliette*.
- Roméo et Juliette sont des personnages universellement connus. Trouvez d'autres couples emblématiques dans la littérature, le cinéma et le théâtre, et comparez-les aux amants de Vérone.
- Frère Laurent déclare, au sujet des plantes et herbes qu'il cultive : « Il n'est rien sur la terre de si humble qui ne rende à la terre un service spécial ; il n'est rien non plus de si bon qui, détourné de son légitime usage, ne devienne rebelle à son origine et ne tombe dans l'abus. La vertu même devient vice, étant mal appliquée, et le vice est parfois ennobli par l'action. » (acte II, scène III) En quoi les mots de frère Laurent se révèlent-ils vrais dans la pièce ?
- La pièce se déroule sur quatre jours et les indications de temps sont très précises. Selon vous, quel effet produit cette gestion du temps ?
- « Ô Roméo ! Roméo ! pourquoi es-tu Roméo ? Renie ton père et abdique ton nom ; ou, si tu ne le veux pas, jure de m'aimer, et je ne serai plus une Capulet. » (acte II, scène II) Que dit cette citation sur l'individualité de Roméo et de

Juliette face à la société et à l'identité familiale des deux clans ?

- Quelles relations entretiennent Roméo et Juliette avec leurs parents ? Peut-on parler de conflit générationnel ?
- Julie-Anne Roth, une comédienne qui a joué le rôle de Juliette dans la mise en scène de Stuart Seide, a déclaré : « Il m'a souvent semblé qu'on tirait *Roméo et Juliette* vers la mièvrerie. Je suis persuadée que ces deux amants n'ont rien à voir avec des tourtereaux couleur pastel. » Êtes-vous du même avis ? Commentez.
- *Le Songe d'une nuit d'été*, autre pièce de Shakespeare, recourt fréquemment au contraste entre le jour et la nuit, également très présent dans *Roméo et Juliette*. En quoi les mésaventures des jeunes protagonistes de cette pièce peuvent-elles être comparées à celles de Roméo et Juliette ?
- Comparez *Roméo et Juliette* avec d'autres pièces de Shakespeare du point de vue du rôle et de l'importance du destin.

Votre avis nous intéresse !
Laissez un commentaire sur le site de votre librairie en ligne
et partagez vos coups de cœur sur les réseaux sociaux !

POUR ALLER PLUS LOIN

ÉDITION DE RÉFÉRENCE

- Shakespeare W, *Roméo et Juliette*, traduit de l'anglais par François-Victor Hugo, Paris, Gallimard, coll. « La bibliothèque Gallimard », 2001, 259 p.

ÉTUDES DE RÉFÉRENCE

- Morris H., *Romeo and Juliet (Shakespeare)*, Oxford, Basil Blackwell, 1970.
- *Romeo and Juliet*, in *SparkNotes*, consulté le 15 novembre 2016, http://www.sparknotes.com/shakespeare/romeojuliet/
- Rougemont D. de, *L'amour et l'Occident*, Paris, Plon, coll. « Présences », 1939.
- Suhamy H., *Shakespeare*, Paris, Éditions de Fallois, coll. « Références », 1996.
- Venet G., « Notice », in *William Shakespeare. Tragédies*, tome I, Paris, Gallimard, coll. « Bibliothèque de la Pléiade », 2002.

ADAPTATIONS

Il existe une vingtaine d'adaptations et de variations cinématographiques de l'œuvre de Shakespeare. La plus récente est *Roméo + Juliette*, film de Baz Luhrmann, avec Leonardo DiCaprio et Claire Danes, États-Unis, 1996.

Un autre film qu'il serait intéressant de visionner est

Shakespeare in Love qui, mêlant la vie de Shakespeare et l'histoire de *Roméo et Juliette*, donne de nombreuses indications sur l'auteur et sur l'époque à laquelle il a vécu : *Shakespeare in Love*, film de John Madden, avec Gwyneth Paltrow et Joseph Fiennes, États-Unis, 1998.

SUR LEPETITLITTÉRAIRE.FR

- Commentaire portant sur la scène du balcon de *Roméo et Juliette* de William Shakespeare.
- Commentaire portant sur la scène v de l'acte I de *Macbeth* de William Shakespeare.
- Fiche de lecture sur *Hamlet* de William Shakespeare.
- Fiche de lecture sur *Le Songe d'une nuit d'été* de William Shakespeare.
- Fiche de lecture sur *Macbeth*.
- Questionnaire de lecture sur *Roméo et Juliette*.

www.lepetitlitteraire.fr/

ISBN version numérique : 978-2-8062-1891-9
ISBN version papier : 978-2-8062-1401-0
Dépôt légal : D/2013/12603/146

Avec la collaboration de Johanna Biehler pour les chapitres suivants : « Les sources de l'œuvre » et « L'union des contraires ».

Conception numérique : Primento,
le partenaire numérique des éditeurs.

Ce titre a été réalisé avec le soutien de la Fédération Wallonie-Bruxelles, Service général des Lettres et du Livre.

Retrouvez notre offre complète sur lePetitLittéraire.fr

- des fiches de lectures
- des commentaires littéraires
- des questionnaires de lecture
- des résumés

ANOUILH
- Antigone

AUSTEN
- Orgueil et Préjugés

BALZAC
- Eugénie Grandet
- Le Père Goriot
- Illusions perdues

BARJAVEL
- La Nuit des temps

BEAUMARCHAIS
- Le Mariage de Figaro

BECKETT
- En attendant Godot

BRETON
- Nadja

CAMUS
- La Peste
- Les Justes
- L'Étranger

CARRÈRE
- Limonov

CÉLINE
- Voyage au bout de la nuit

CERVANTÈS
- Don Quichotte de la Manche

CHATEAUBRIAND
- Mémoires d'outre-tombe

CHODERLOS DE LACLOS
- Les Liaisons dangereuses

CHRÉTIEN DE TROYES
- Yvain ou le Chevalier au lion

CHRISTIE
- Dix Petits Nègres

CLAUDEL
- La Petite Fille de Monsieur Linh
- Le Rapport de Brodeck

COELHO
- L'Alchimiste

CONAN DOYLE
- Le Chien des Baskerville

DAI SIJIE
- Balzac et la Petite Tailleuse chinoise

DE GAULLE
- Mémoires de guerre III. Le Salut. 1944-1946

DE VIGAN
- No et moi

DICKER
- La Vérité sur l'affaire Harry Quebert

DIDEROT
- Supplément au Voyage de Bougainville

DUMAS
- Les Trois Mousquetaires

ÉNARD
- Parlez-leur de batailles, de rois et d'éléphants

FERRARI
- Le Sermon sur la chute de Rome

FLAUBERT
- Madame Bovary

FRANK
- Journal d'Anne Frank

FRED VARGAS
- Pars vite et reviens tard

GARY
- La Vie devant soi

GAUDÉ
- La Mort du roi Tsongor
- Le Soleil des Scorta

GAUTIER
- La Morte amoureuse
- Le Capitaine Fracasse

GAVALDA
- 35 kilos d'espoir

GIDE
- Les Faux-Monnayeurs

GIONO
- Le Grand Troupeau
- Le Hussard sur le toit

GIRAUDOUX
- La guerre de Troie n'aura pas lieu

GOLDING
- Sa Majesté des Mouches

GRIMBERT
- Un secret

HEMINGWAY
- Le Vieil Homme et la Mer

HESSEL
- Indignez-vous !

HOMÈRE
- L'Odyssée

HUGO
- Le Dernier Jour d'un condamné
- Les Misérables
- Notre-Dame de Paris

HUXLEY
- Le Meilleur des mondes

IONESCO
- Rhinocéros
- La Cantatrice chauve

JARY
- Ubu roi

JENNI
- L'Art français de la guerre

JOFFO
- Un sac de billes

KAFKA
- La Métamorphose

KEROUAC
- Sur la route

KESSEL
- Le Lion

LARSSON
- Millenium I. Les hommes qui n'aimaient pas les femmes

LE CLÉZIO
- Mondo

LEVI
- Si c'est un homme

LEVY
- Et si c'était vrai…

MAALOUF
- Léon l'Africain

MALRAUX
- La Condition humaine

MARIVAUX
- La Double Inconstance
- Le Jeu de l'amour et du hasard

MARTINEZ
- Du domaine des murmures

MAUPASSANT
- Boule de suif
- Le Horla
- Une vie

MAURIAC
- Le Nœud de vipères

MAURIAC
- Le Sagouin

MÉRIMÉE
- Tamango
- Colomba

MERLE
- La mort est mon métier

MOLIÈRE
- Le Misanthrope
- L'Avare
- Le Bourgeois gentilhomme

MONTAIGNE
- Essais

MORPURGO
- Le Roi Arthur

MUSSET
- Lorenzaccio

MUSSO
- Que serais-je sans toi ?

NOTHOMB
- Stupeur et Tremblements

ORWELL
- La Ferme des animaux
- 1984

PAGNOL
- La Gloire de mon père

PANCOL
- Les Yeux jaunes des crocodiles

PASCAL
- Pensées

PENNAC
- Au bonheur des ogres

POE
- La Chute de la maison Usher

PROUST
- Du côté de chez Swann

QUENEAU
- Zazie dans le métro

QUIGNARD
- Tous les matins du monde

RABELAIS
- Gargantua

RACINE
- Andromaque
- Britannicus
- Phèdre

ROUSSEAU
- Confessions

ROSTAND
- Cyrano de Bergerac

ROWLING
- Harry Potter à l'école des sorciers

SAINT-EXUPÉRY
- Le Petit Prince
- Vol de nuit

SARTRE
- Huis clos
- La Nausée
- Les Mouches

SCHLINK
- Le Liseur

SCHMITT
- La Part de l'autre
- Oscar et la Dame rose

SEPULVEDA
- Le Vieux qui lisait des romans d'amour

SHAKESPEARE
- Roméo et Juliette

SIMENON
- Le Chien jaune

STEEMAN
- L'Assassin habite au 21

STEINBECK
- Des souris et des hommes

STENDHAL
- Le Rouge et le Noir

STEVENSON
- L'Île au trésor

SÜSKIND
- Le Parfum

TOLSTOÏ
- Anna Karénine

TOURNIER
- Vendredi ou la Vie sauvage

TOUSSAINT
- Fuir

UHLMAN
- L'Ami retrouvé

VERNE
- Le Tour du monde en 80 jours
- Vingt mille lieues sous les mers
- Voyage au centre de la terre

VIAN
- L'Écume des jours

VOLTAIRE
- Candide

WELLS
- La Guerre des mondes

YOURCENAR
- Mémoires d'Hadrien

ZOLA
- Au bonheur des dames
- L'Assommoir
- Germinal

ZWEIG
- Le Joueur d'échecs

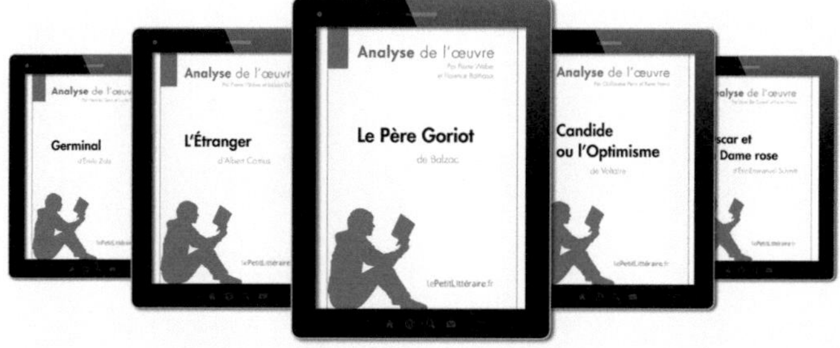